09/07

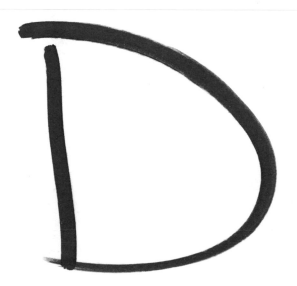

Mempo Giardinelli

El Cheruvichá
Un pajarito honesto

Ilustraciones:

Alejandro Agdamus

⊜diciones Continente

Había una vez un pajarito que se llamaba el Cheruvichá,
que es una palabra de la lengua guaraní que quiere decir "jefe"
pero se refiere sólo a los que son buenos y justos.

Aunque era un pajarito común y corriente, se convirtió
en el pájaro más justiciero y respetado que se conozca en toda
la historia del mundo.

Pechugón, de pico afilado y vuelo firme, y temible cuando
se enojaba, desde muy joven se dedicó a volar. Pero no se
contentó con dar unas vueltas por ahí, sino que voló muy lejos,
decidido a conocer el mundo.

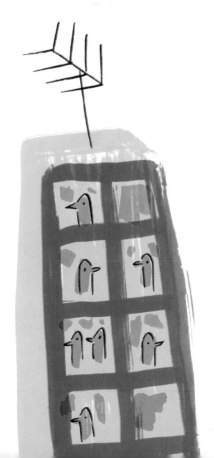

En cuanto terminó la universidad —porque el Cheruvichá era un pájaro muy inteligente y culto— se fue a recorrer un montón de países, curioso y atento, y adonde llegaba se hacía querer porque era agradable y simpático, solidario y ayudador.

Por todas partes iba viendo si podía
hacer algo por los demás. El Cheruvichá
sabía que la inmensa mayoría de
las aves del mundo no tenía ni para
comer y se las sometía a trabajos
durísimos y casi siempre mal pagados.

No le gustaba nada —¡pero nada!—
el trato que daban algunos pajarracos
bien emplumados a los pajaritos
más chicos. Y una de las cosas que él
más deseaba era que todos los pájaros
viviesen mejor.

Pero había un problema: primero había que enseñarles a defenderse de los malvados carroñeros, caranchos y buitres, y sobre todo las águilas reales, que eran malísimas y abusaban de los pequeños.

El Cheruvichá era un pájaro rebelde, que cuando se metía en una granja veía la injusticia en el acto y no podía quedarse quieto.

Un día, por ejemplo, se enojó muchísimo cuando se dio cuenta de que a las señoras gallinas las tenían todo el tiempo despiertas, con la luz encendida las 24 horas para que pusieran más y más huevos que luego no les dejaban criar. Las desgraciadas estaban siempre trabajando, dale que dale poniendo huevo tras huevo hasta morir de la manera más tonta. Eso lo indignaba porque él pensaba que debían trabajar solamente ocho horas diarias y una vez al año tener vacaciones, como todo el mundo.

Tampoco le gustaba que los carroñeros, llenos de dinero y comodidades, ni se dieran cuenta de que a los pollitos todo el mundo se los comía como si nada. En guisos o en supremas, en estofados o a la parrilla, fritos o hervidos, los pobres pollitos de granja morían de un modo miserable.

Entonces, si él iba a una granja, les apagaba la luz mientras echaba un discurso y abría las jaulas, una por una, gritándoles a las gallinas que no fueran gallinas y que exigieran trabajo digno y no se dejaran matar los pollitos ni los huevos.

—La vida de algunas aves es horrible y humillante —pensaba el Cheruvichá—.
Por eso hay que ayudarlas a no dejarse abusar. Y no es que se creyese
Superman, pero jamás dejó de enfrentarse a los poderosos bicharracos
que aunque lucían bellas plumas y volaban muy alto, en realidad eran
unos inútiles que vivían de comer la carne y la sangre ajenas.

Él no quería nada para sí, no compraba cosas ni acumulaba riquezas;
todo lo compartía y vivía con lo más sencillo.

Le encantaba sentirse completamente libre de hacer lo que quería y lo que más le importaba era ser honesto.

La coherencia es un tesoro que muy pocos alcanzan y consiste en sentir, pensar y decir la misma cosa, y entonces hacer exactamente lo que uno siente, piensa y dice. Por ejemplo, si uno siente y piensa en color azul, está mal decir rojo y quizás después hacer amarillo, ¿verdad? ¡Eso sí que sería deshonesto!

Pues al Cheruvichá le parecía incoherente, e injusta, la fama que tenían algunas aves. No podía creer la popularidad que se habían inventado las palomas, que gozan del mayor prestigio universal como sinónimo de blancura y de paz, y hasta consiguieron que así las dibujase un gran pintor que se llamó Pablo Picasso. Pero la verdad es que son animales mezquinos, pedigüeños y vagos, ladrones y agresivos con los demás, y encima sucios a más no poder.

Y sin embargo las palomas son populares y nadie se mete con ellas. Ahora ni siquiera trabajan llevando cartas, como hace años, y siempre encuentran comida gratis. Se pasan el día tomando el sol en las plazas, viven lo más panchas ensuciando monumentos y catedrales, y mueren, casi todas, de viejas.

Pensaba lo mismo de las gaviotas. Son ladronas de comida como
no hay iguales, no sirven para nada, nunca trabajan y se pasan
la vida esperando que les tiren las sobras de las comidas de los barcos.
Eso al Cheruvichá no le parecía digno para nada. Le parecía una
completa incoherencia que tuviesen tan buena fama y fuesen siempre
bienvenidas en la marinería, en los puertos y en la literatura.

Había un montón de otras aves con las que sucedía más o menos
lo mismo. Por ejemplo los gansos, que son medio gansos; o los pavos,
que son bastante pavos. Durante todo el año viven aparentemente
tranquilos, se los alimenta bien y nadie los molesta. Pero ellos no saben
que en realidad están presos y condenados a muerte.

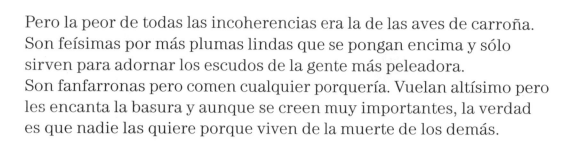

Pero la peor de todas las incoherencias era la de las aves de carroña.
Son feísimas por más plumas lindas que se pongan encima y sólo
sirven para adornar los escudos de la gente más peleadora.
Son fanfarronas pero comen cualquier porquería. Vuelan altísimo pero
les encanta la basura y aunque se creen muy importantes, la verdad
es que nadie las quiere porque viven de la muerte de los demás.

Fue por pensar de esta manera que
participó de una primera gran rebelión de aves
en una isla preciosa, en la que enseñó la conveniencia
de trabajar con alegría y sin que los otros se aprovechen
del esfuerzo de cada uno. Y además los ayudó a tener
nidos propios y a construir hospitales y escuelas entre todos.

Un día, siguiendo sus consejos, todas las aves de la isla
proclamaron que sólo entregarían los huevos que no fueran
pollitos y que se respetarían horarios de trabajo y de descanso.

Por supuesto, a las águilas malas todo
eso no les gustó nada, de modo que un día
se largaron en bandada y las atacaron a picotazos.

La batalla fue terrible y despareja, pero los pajaritos
de la isla ya habían aprendido a defenderse. Resistieron
tan bien, pero tan bien, que el Cheruvichá pensó enseguida
en organizar a los pájaros de todo el mundo para resistir
frente a los poderosos.

Todo eso era un desastre para las águilas, que entonces decidieron
rodear la isla para que no les llegara nada y matarlos de hambre.
Pero a los pajaritos de la isla tampoco eso los doblegó. Habían
aprendido que era mejor vivir mejor. Y mejor quería decir
con justicia y buenos sentimientos. "Porque —decía el Cheruvichá—
es mucho más importante lo que se siente que lo que se tiene".

Y es que él sentía un fuerte desprecio por los que solamente quieren
tener, los que viven para comprar y vender cosas, los que piensan
poco y sienten mucho menos.

Muchos lo criticaban por ser así, diciendo que era un metido,
pero a él no le importaba lo que dijeran y se largó a recorrer un
montón de países tratando de ayudar. Por pura coherencia peleaba
aquí y allá contra todo tipo de bichos malos, en defensa de los
pajaritos más débiles. Y siempre enseñaba con el ejemplo, que es
la primera forma de ser honesto.

—La coherencia —exclamaba— es decir las cosas del color que las
pensaste, y luego hacerlas del color que las dijiste.

En el mundo son muy pocos los honestos y el Cheruvichá era uno
de esos pocos. Si él creía en algo, se ponía a trabajar para lograrlo.
Si pensaba una cosa, la decía tal como la pensaba. Y si enseñaba que
una vida mejor era posible en cualquier parte, entonces era el primero
en luchar por ella y hasta era capaz de dar su propia vida para lograrlo.

Lógicamente, una vez que pensó todo esto, lo hizo. Por eso anduvo
por el mundo, durante un tiempo, sin que nadie supiera de él.
Todos se preguntaban dónde andaría, pero sabían que estaría haciendo
lo que había dicho. Y en efecto, el Cheruvichá estaba en la selva de
un país lejano, muy pobre y sufrido, tratando de ayudar a que también
los pajaritos de esa selva fuesen capaces de rebelarse para vivir mejor.

Por supuesto, unos buitres horribles, que eran muy poderosos,
también lo andaban buscando frenéticamente. Pero para matarlo.

Y así fue que consiguieron acorralarlo. En aquellas selvas peligrosísimas la vida era muy dura y él debía ocultarse todo el tiempo. Débil y enfermo de tanto vivir escondido, el mismo Cheruvichá supo que finalmente lo iban a cazar.

Por supuesto, podía huir, pero él debía morir como había vivido. "Si no —pensaba todo el tiempo—, no sería honesto". Él tenía una única palabra, un único color y un único canto, que era de libertad y hermandad.

No podía regresar a la isla. No podía triunfar donde estaba. Tampoco podía ir a ninguna otra parte. Y ni pensaba en rendirse. Entonces, ¿qué debía hacer? ¡Ser honesto!

Y ése fue el ejemplo que dejó, cuando un día aquellas aves de rapiña al servicio de las águilas imperiales, finalmente lo encontraron...

Aquella mañana el Cheruvichá estaba muy cansado y enfermo, y unos gorrioncitos del lugar —que, la verdad, no sabían lo que hacían— les fueron a decir a los buitres dónde estaba...

Entonces cayeron sobre él y lo mataron en el acto, de la manera más cruel, llenándolo de picotazos.

Ellos creyeron que así terminaban con el Cheruvichá, pero sucedió
todo lo contrario. Porque esa misma mañana salieron muchísimas
cotorras y gorriones a contar lo sucedido y todo el mundo se enteró
enseguida de que lo habían matado. Pero en lugar de ponerse
a llorar, muchos pajaritos comprendieron que el Cheruvichá era
el mejor ejemplo mundial de que es bueno ser bueno y solidario,
luchador y honesto. Porque el Cheruvichá vivió como pensó y dijo.
E hizo todo lo que dijo que haría.

Por eso cuando hoy, en algunos lugares del mundo,
se escucha su canto, es como si el mismo Cheruvichá reviviese.
Cada vez que algunos pajaritos son atropellados, estafados
u ofendidos por los buitres, las águilas y los más horribles
bichos carroñeros que hay en todas partes, son muchos los
que salen a protestar por los cielos llevando estampada en sus
corazones la imagen hermosa y sugerente del Cheruvichá,
que hoy es como esos faros que en la noche guían a los barcos
de todo el mundo.

El bello rostro del Cheruvichá, su canto siempre hermoso
y sus ideas de justicia y hermandad son el faro más brillante
que hoy tienen todas las aves del mundo que se lanzan a volar
hacia la libertad.

© 2007, del texto: Mempo Giardinelli
c/o Guillermo Schavelzon, Agencia Literaria
info@schavelzon.com

© 2007, de las ilustraciones: Alejandro Agdamus

Giardinelli, Mempo
El Cheruvichá / Mempo Giardinelli ; ilustrado por
Alejandro Agdamus - 1ra. ed.
Buenos Aires: Continente - Pax, 2007.
32 p. ; 28x20 cm.

ISBN 978-950-754-224-4

1. Narrativa Infantil Argentina. I. Agdamus, Alejandro, ilus. II.
Título CDD A863.928 2

© 2007, de esta edición:

Ediciones Continente

Pavón 2229, (C1248AAE) Buenos Aires, Argentina
Tel.: (54-11) 4308-3535 - Fax: (54-11) 4308-4800
e-mail: info@edicontinente.com.ar
www.edicontinente.com.ar

© 2003, de la edición original en castellano: Libros del Zorro Rojo
Barcelona / Madrid – www.librosdelzorrorojo.com

Primera edición en **Ediciones Continente**: abril de 2007

ISBN: 978-950-754-224-4
Queda hecho el depósito que marca la ley 11.723

Libro de edición argentina

Este libro se terminó de imprimir en el mes de abril de 2007,
en los Talleres Gráficos Color Efe,
Paso 192, Avellaneda, Buenos Aires, Argentina.